La soupe de grand-papa

Une histoire écrite par
Francine Labrie
et illustrée par
Marc Mongeau

À Jimmy
Flo

cheval
masqué

Catalogage avant publication de Bibliothèque et Archives nationales du Québec et Bibliothèque et Archives Canada

Labrie, Francine

La soupe de grand-papa

(Cheval masqué. Au pas)
Pour enfants de 6 à 10 ans.

ISBN 978-2-89579-280-2

I. Mongeau, Marc. II. Titre. III. Collection: Cheval masqué. Au pas.

PS8623.A332S68 2010   jC843'.6   C2009-942719-2
PS9623.A332S68 2010

Nous reconnaissons l'aide financière du gouvernement du Canada par l'entremise du Programme d'aide au développement de l'industrie de l'édition (PADIÉ) pour nos activités d'édition.

 Conseil des Arts   Canada Council
du Canada   for the Arts

Bayard Canada Livres inc. remercie le Conseil des Arts du Canada du soutien accordé à son programme d'édition dans le cadre du Programme des subventions globales aux éditeurs.

Cet ouvrage a été publié avec le soutien de la SODEC.
Gouvernement du Québec – Programme de crédit d'impôt pour l'édition de livres – Gestion SODEC.

Dépôt légal –
Bibliothèque et Archives nationales du Québec, 2010
Bibliothèque et Archives Canada, 2010

Direction: Andrée-Anne Gratton
Graphisme: Janou-Ève LeGuerrier
Révision: Sophie Sainte-Marie

UN GRAND FARCEUR

Mon grand-papa Ti-Bé habitait à Saint-Ours. Mon frère Philippe et moi, on allait souvent le visiter. On aimait la vie à la ferme.

On jouait avec les lapins. On construisait des cabanes. On écoutait mon grand-père raconter des histoires. Il en connaissait des dizaines, des centaines. On ne s'ennuyait jamais chez lui.

Grand-papa Ti-Bé n'était pas seulement un conteur, il était aussi un grand farceur. Il racontait des blagues, mais sans en avoir l'air.

Il vous regardait droit dans les yeux, sérieux comme un pape! Tout le monde le croyait!

Ma grand-mère disait que c'était presque une maladie, qu'il ne pouvait pas s'en empêcher.

Un jour, il avait envoyé mon père acheter de la peinture pour les gauchers !

Au magasin général, il y avait une tête d'orignal au mur. Grand-papa m'avait fait croire que le corps de l'orignal se trouvait de l'autre côté du mur!

Il m'avait aussi déclaré :

— Charles, savais-tu que les dalmatiens déteignent au lavage? On doit redessiner leurs taches chaque fois qu'il pleut!

Bref, avec mon grand-père, c'était toujours le premier avril.

2

DRÔLES DE BOUTONS

Un beau jour, cependant, grand-papa a été pris à son propre jeu…

Mon frère Philippe et moi, nous étions scouts. On allait à des réunions, on apprenait à faire des nœuds et à rendre service.

On allait camper et on chantait des chansons autour du feu. On aimait ça!

Cet été-là, la mode était aux chemises d'armée. Elles étaient kaki et couvertes de poches à rabat. Il y avait tellement de poches qu'on ressemblait à des sacs à dos.

Presque tous les scouts de la troupe avaient une chemise comme ça. Philippe avait acheté la sienne avec ses économies.

Lorsque mon frère l'a montrée fièrement à mon grand-père, celui-ci s'est mis à l'examiner attentivement.
Il avait l'air ému.

Grand-papa Ti-Bé avait fait la guerre, mais il n'en parlait jamais. Ça nous a surpris qu'il dise : « J'en avais une pareille ! » Il a palpé le tissu et a regardé les manches, les poignets boutonnés. Son regard s'est attardé sur les boutons. Des boutons bruns, d'apparence bien ordinaire.

— Ah! a-t-il dit, des boutons à soupe!

Et il nous a expliqué que ces boutons étaient spécialement conçus pour les expéditions dangereuses.

D'un air sérieux, il nous a dit :

— Si tu es perdu dans le bois, sans rien à manger, tu fais bouillir tes boutons et ça te donne de la soupe. Ça peut te sauver la vie…

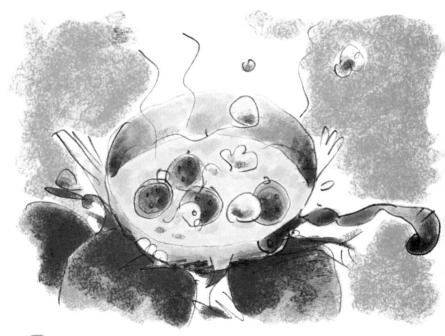

Philippe en bavait :

— Incroyable !

Ça sentait l'aventure à plein nez !

J'ai vu ma grand-mère qui levait les yeux au ciel.

J'avais deux ans de plus que Philippe et je connaissais bien mon grand-père. Il m'avait souvent attrapé avec ses blagues! Alors j'ai eu un gros doute. Mais je me suis retenu de sourire et je n'ai rien dit.

Mon frère, lui, était emballé.

— Il faut que je raconte ça aux autres !

C'est ce qu'il a fait à la réunion suivante des scouts. L'histoire a vite fait le tour de la troupe. J'ai gardé mon doute pour moi. Pourquoi gâcher le plaisir ?

L'été suivant, Philippe et moi, nous sommes allés camper. Mais nous ne nous sommes jamais perdus, au grand regret de mon frère. Il aurait bien aimé connaître le goût de la soupe aux boutons.

On a oublié l'histoire, jusqu'à ce que…

3

DRÔLE DE VISITEUR

Trois ans plus tard, un après-midi de juillet, j'étais sur la véranda avec mes grands-parents. On regardait le temps passer. Les tournesols se berçaient au vent. Mon grand-père se berçait tout court.

Ma grand-mère écossait des petits pois pour son bouilli. On jasait tranquillement. Soudain est apparue une voiture qu'on n'avait jamais vue. Dans un petit village comme Saint-Ours, on connaît tout le monde et on connaît les automobiles de tout le monde.

Le chauffeur a tourné dans l'entrée et s'est garé devant la galerie. On se demandait bien qui venait nous rendre visite… Quelqu'un qui cherchait son chemin? Un acheteur de poules?

Un inconnu est descendu de la voiture. Un grand jeune homme d'allure sportive. Il s'est approché de nous:

— Monsieur Bérubé? Êtes-vous Rosario Bérubé, le grand-père de Philippe?

Grand-papa a fait signe que oui. Rosario, c'était son vrai nom, même si personne ne l'appelait comme ça.

L'inconnu s'est présenté :

— Je suis Réjean Rossignol, de Sorel. Il y a quelques années, dans un jamboree*, j'ai rencontré des scouts de Saint-Ours. Ils m'ont raconté une histoire extraordinaire…

* Grand rassemblement de scouts.

— Ah oui ? a bredouillé grand-papa. Réjean Rossignol a précisé :

— Oui. Une histoire de boutons qui pouvaient servir à faire de la soupe.

UN AUTRE FARCEUR ?

J'ai regardé mon grand-père. Ou bien il jouait à l'innocent, ou bien il ne se souvenait pas de cette blague. Une chose est sûre, moi, je m'en souvenais très bien !

Notre visiteur a poursuivi :

— Je suis venu vous remercier. Lors d'une expédition au Labrador, je me suis perdu dans la forêt pendant cinq jours. N'ayant plus rien à manger, je me suis rappelé les boutons à soupe.

Je l'ai interrompu :

— Les boutons des chemises d'armée ?

Il a continué :

— Exactement ! J'ai coupé tous les miens pour les faire bouillir, avec un peu de thé des bois*. Cette soupe m'a redonné des forces. Elle m'a permis de tenir le coup et de m'en sortir ! En plus, c'était délicieux !

* Sorte de plante.

Mon grand-père a rallumé sa pipe. Il faisait ça quand il ne savait pas quoi dire. Ça lui donnait le temps de penser.

Le jeune homme a conclu :

— Je suis content de vous avoir trouvé ! Merci beaucoup !

Il a serré la main de mon grand-père. Il s'en est retourné aussitôt.

Nous avions tous les yeux ronds comme des soucoupes ! Ma grand-mère a laissé échapper ses petits pois, et mon grand-père a laissé sa pipe s'éteindre. Il avait un drôle de sourire.

Je ne savais plus trop quoi penser. Est-ce que les boutons de soupe existaient vraiment ? Est-ce que le fait d'y croire avait « nourri » ce jeune homme ? Ou bien, est-ce que Réjean Rossignol était aussi un drôle de moineau, qui aimait raconter des blagues ?

Nous n'en avons jamais reparlé. Mon grand-père a continué quand même à raconter des blagues à tout le monde.

Ma grand-mère avait raison, c'était presque une maladie. Mais avec le temps, j'ai compris que ce n'était pas pour rire de nous. C'était pour rire avec nous.

Grand-papa Ti-Bé, c'était un blagueur!

FIN

Voici les livres AU PAS de la collection :

Lesquels as-tu lus ? ☑